血比蜜甜

黃羊川・著

吹鼓吹詩人叢書／01

獻給星月雜誌社、星月同人、
腥騷味與那些忘掉的人

—
總
序
—

台灣詩學吹鼓吹詩人叢書出版緣起

蘇紹連

　　「台灣詩學季刊雜誌社」創辦於1992年12月6日，這是台灣詩壇上一個歷史性的日子，這個日子開啟了台灣詩學時代的來臨。《台灣詩學季刊》在前後任社長向明和李瑞騰的帶領下，經歷了兩位主編白靈、蕭蕭，至2002年改版為《台灣詩學學刊》，由鄭慧如主編，以學術論文為主，附刊詩作。2003年6月11日設立「吹鼓吹詩論壇」網站，從此，一個大型的詩論壇終於在台灣誕生了。2005年9月增加《台灣詩學‧吹鼓吹詩論壇》刊物，由蘇紹連主編。《台灣詩學》以雙刊物形態創詩壇之舉，同時出版學術面的評論詩學，及單純以詩為主的詩刊。

　　「吹鼓吹詩論壇」網站定位為新世代新勢力的網路詩社群，並以「詩腸鼓吹，吹響詩號，鼓動詩潮」十二字為論壇主旨，典出自於唐朝・馮贄《雲仙雜記・二、俗耳針砭，詩腸鼓吹》：「戴顒春日攜雙柑斗酒，人問何之，曰：『往聽黃鸝聲，此俗耳針砭，詩腸鼓吹，汝知之乎？』」因黃鸝之聲悅耳動聽，可以發人清思，激發詩興，詩興的激發必須砭去俗思，代以雅興。論壇的名稱「吹鼓吹」三字響亮，而且論壇主旨旗幟鮮明，立即驚動了網路詩界。

　　「吹鼓吹詩論壇」網站在台灣網路執詩界牛耳，詩的創作者或讀者們競相加入論壇為會員，除於論壇發表詩作、賞評回覆外，更有擔任版主者參與論壇版務的工作，一起推動論壇的輪子，繼續邁向更為寬廣的網路詩創作及交流場域。在這之中，有許多潛質優異的詩人逐漸浮現出來，他們的詩作散發耀眼的光芒，深受詩壇前輩們的矚目，諸如：鯨向海、楊佳嫻、林德俊、陳思嫻、李長青、羅浩原等人，都曾是「吹鼓吹詩論壇」的版主，他們現今已是能獨當一面的新世代頂尖詩人。

　　「吹鼓吹詩論壇」網站除了提供像是詩壇的「星光大道」或「超級偶像」發表平台，讓許多新人展現詩藝外，還把優秀詩作集結為「年度論壇詩選」於平面媒體刊登，以此

留下珍貴的網路詩歷史資料。2009年起,更進一步訂立「台灣詩學吹鼓吹詩人叢書」方案,獎勵在「吹鼓吹詩論壇」創作優異的詩人,出版其個人詩集,期與「台灣詩學」的詩學同仁們站在同一高度,此一方案幸得「秀威資訊科技有限公司」應允,而得以實現。今後,「台灣詩學季刊雜誌社」將戮力於此項方案的進行,每半年甄選一至三位台灣最優秀的新世代詩人出版其詩集,以細水長流的方式,三年、五年,甚至十年之後,這套「台灣詩學吹鼓吹詩人叢書」累計無數本詩集,將是台灣詩壇在二十一世紀最堅強最整齊的詩人叢書,也將見證台灣詩史上這段期間新世代詩人的成長及詩風的建立。

若此,我們的詩壇必然能夠再創現代詩的盛唐時代!讓我們殷切期待吧。

虛構與對位

──來去詩界薄膜包裹的節奏進退

Lesley

　　閱讀，讓人吟詠出情調，而這部詩集呈現的是一種關於語言的情調。這樣説，倒不是投機的説法，印象中，「詩」不就是語言的遊戲？什麼語言的情調，該不會來自某種遊戲下的術語進行？事實上，情調的説法來自於，對於詩集本身的所營造的氛圍，隱藏於讀者和詩人間的對話機制，以致於陷入極為抒情的討論口吻，都開始小心翼翼討論起，這何以抒情的源頭。

　　整部詩集的情調在於詩人的羞澀，也因為這樣的羞澀導致語言上的焦慮，詩人在語言的焦慮上，所採取的是覆蓋這一層羞澀，乃至於焦慮成為一種拉攏的欲迎還拒，例如：「暫時」的堆積，形成時間的片段性。也因為時間的片段（斷）架構出一個空間的存有，例如在開與關之

間的時間縫隙，存在的短暫的獨立性，然而，詩便在此間持續。那樣的短暫時光停留，卻營造出詩人抒情的空間：安靜繼續安靜／天使不移動／我們不敢動（〈Angel Pass〉）。是那樣短暫的羞澀，環繞成語言的焦慮，青月光殘存暈散的視覺殘留／我從你的眼窩底看見短暫來回的幸福。重複的是詩人觀看世界的羞澀，而這個羞澀在重複的掩飾下成為焦慮語言的表達，如短暫的開闔之間存在時空的停留，而這個時間的意識還可以往前推回，詩人觀看的位置，即孩童的視界。

　　沒有進入成人世界的孩童，保有觀看歧異的中立與未知的焦慮，於是展開學習的旅程，然而詩人的學習對象卻是虛位的對象，或者更確切的說是自我鏡像的模仿，乃至重複成了必然的節奏，在來回之間。開關開關門／從一個空盪到另一個空盪（〈鑰匙兒童〉）忙完一頓飯的時間吃一頓飯……離開的速度在離開前早已迅速離開（〈自自助餐離開〉）這樣的展演在〈跳舞動人生〉尤是極致。就算詩人試圖長大，但是回憶風乾成一只早已塑型的泥娃娃／佔據了一只人形（〈人形回憶〉）。於是重複的節奏依然，觀看的對象依然，你前進我後退／你往左我往右／你說喂我說喂（〈雙人遊戲〉）形成對象的缺席，於是所有的自剖都成了表演狂。

跟著我做你可以得到／跟著你做我可以得到／向左／向右／
向左向右／向右向左（〈鏡子三首〉）。

　　從表演的自己中看見的是，學習的展演，卻擺脫不了未
熟練的語言操作，如重複疊字的兒童式用字，成了最大的特
徵，儘管詩人已經觀看到成人的視界，而且試圖直擊現場，
振動了整個世界的——／但無關你的視界（〈沒有頭〉）石
頭持續不斷的投擲過來／畫地也無法自限／置身於一場公開
的秘密儀式（〈噓！離開偷偷〉）成人的世界是一個建構式
社會，族群與族群之間形成表現社會結構下的秘密集會，兒
童的喜惡來自感官式的直覺，但卻因為觀察與靠攏而成了多
數集合的主流價值，也就是多數與少數間的秘密角力，與掩
飾與虛偽的另類遊戲規則之必須，成了詩人的另一重心事，
而不只是慾望，乃至人道的關懷，但因為侏儒式的無力，詩
人選擇逃避面對，只是輕描淡寫關於所有的流動，包括生與
死。但變成了無從選擇。

給阿川的序

彌

　　認識黃羊川這個人很久了，認識很久是因為生命中有某些經驗交流得很厲害，不是刻意地，而是不經意地，這樣說來很玄，但是某程度來說，我對他的認識來自於我對於自己某些成長經驗的認識。

　　大學時候他說了很多自己的事，當時我尚未認識他，可是有一種伙伴的關係，維繫在社團之間，這樣一起作事很多年，並不刻意接觸也不是非常陌生的一個人。

　　開始覺得生命中多出了黃羊川，是因為有一個位置空缺了，那一個位置藉由他大學時候的詩文被填補起來了，很奇妙地，誰也無法預期地，就發生了，像是不經意在呵欠連連的午後寫出了一首好詩。

　　後來發現，他所寫出的生命經驗，一一出現在我的裡面，是巧合嗎，是一種同質罷，同樣的生命感受與選擇，所以那樣造成了親切，拉近我們之間的距離，也許是一種生命

的距離，我們是平行的，但是只要我們轉個頭，就會發現彼此還在身邊。

　　黃羊川要出詩集了，一個冗長的集結，大學時期以及更早之前的他，轉變了，他說二十五歲要成熟，也許是給這集子一個交代吧。背負著所有星月人的夢想，他做到了，而我們都看到了。

失序

── 姐姐給川的情文

姐姐

1、衰老與青春

想說的是，我看見黃羊川變得衰老了。

衰老這個狀態，對於和阿川同年的我也許太沉重了，畢竟我們也才剛走過二十到三十的中間而已。可是，對比於過去的阿川而言，他的確不再是那個在大太陽底下流著汗跳房子還硬睜著眼要寫下數字一到十而且不能重疊或是交換位置的小孩。現在的川，開始用一種繁複而緩慢的狐步舞向我們逡巡邁進，以前不跳舞的人也能很自在的和他共舞，現在會跳舞的人可以優遊的排在前面。

其實他還是從一走到十，只是他的每一個舞步變成了一百。詩人的百步舞。

2、時間與重寫

　　你的成長和你的重複有關。而這個重複並非如禮行儀的反覆，而是你以另一對眼睛來述說你所看見的事實。你總是喜歡在夜裡玩遊戲，跳舞，表演親吻，那麼專注又那麼的稚氣。你親吻每一位朝著時間快速前進的孩子與慢速推離的老人，還有時間失重城市裡晃蕩的侏儒天使們。時間在親吻裡是倒著跑的也是多重進行的，這個稚氣的詩人吻過無數惡的或是善的臉孔。

3、尋找一頭羊兒

　　我對你的感情其實遠遠超過和我流著同樣血液的弟弟。說真的你不是我的小○○，不過我可是你的小ma啊。在某個內心深處我們流著一樣的血，不必歃血為盟，只要寫詩就可以做精神上的親屬。在你的詩裡我看見愛情背後無言以對的時刻：

　　一個不完整而善良的戀人。難怪有些讀你詩的人都暗戀著你，不過我可沒有喔。

　　因為你永遠都是我眼裡剛生下來的小詩人。

潮濕卻鮮明的記憶

Patrick

Spike、吳亦偉、黃羊川，這些名字指的都是同一個人，但我所認識的卻有先後順序，因為這三個名字可代表不同時期裡一個人的轉變，轉變的能量則全在詩集裡《血比蜜甜》一次爆發，在這本詩集裡我溫習了我記憶中不同階段的Spike，而現在我們更常稱他黃羊川。

忘了什麼時候認識史擺客，人都是這樣，除非是有特別的事件、契機，否則認識一個人都是自然而然、毫無矯飾成分存在才對；我們會記得兩個人是在人生的哪一個階段認識，但是卻很難講出真正兩人熟識的細節，正因為一切都是自然而然，才難以推敲原因。我對於史擺客就是如此。

最先是他的文字吸引了我，那是還沒有加入「星月雜誌社」時，經由系上學長的介紹在BBS社版上注意到這位文字功力不錯的經濟系學長（我只知道他叫Spike），當時沉溺在風花雪月、愛情詩歌詞的我，對於這個人描寫愛情的細緻

程度感到震驚，於是便把他之前收錄在版上精華區的文章找出來閱讀，當然，每一篇文章刻畫的角度不同，但都同樣令人印象深刻。

　　一直到後來在聚會上才真正見到他，個子不高的他顯得有點沉默寡言，但卻與他的文字很相襯，剛認識他的我所閱讀的大部分是一些描寫愛情關係裡兩人微妙互動的文章，這部分在詩集裡也有收錄：像是〈不經濟學──致愛情〉、〈雙人遊戲〉等，閱讀這些總會讓我想起剛認識他那懵懂無知的大學時期。

　　「吳亦偉」是很後來才知道的本名，而且也不是他本人向我介紹，也是經由系上學長才真正知道BBS史擺客的真正代表符號。這個時期在版上閱讀他的文章有了一定的數量，也漸漸開始認識他其它方面的作品，我最喜歡的便是圖像詩的部分，將日常生活中看似平凡無奇的規律行為用不同的觀點來書寫，剎那間會有一種「對啊！我在做這件事情時便是如此」的想法出現，如〈鑰匙兒童〉、〈自自助餐離開〉、〈侏儒墊腳〉、〈表演狂〉等，都是我非常喜歡的作品。

　　黃羊川時期的史擺客變得更有自信、更有能力、更有書寫能力，他曾說星月帶給他很大的改變，不只是讓他認識了一群相對於他們系上很不同的人，更重要的是他從這裡學到

了「自信」，我想也正因為這「自信」使他更能去碰觸生命中嚴肅、黑暗的一面，這並不是他對生命有絕望的看法，而是生命既然有屬於它晦暗的一角，勇敢去碰觸、將它書寫出來何嘗不是一種尊重生命的方式，於是不論是送給星月其中一個成員的〈同一片天空〉，或者是我最喜歡的〈城市組曲〉，可以看到在愛情、圖像之外；「生命」的成分更讓人有省思的空間。而也可以在不同的詩篇當中看到黃羊川他成長過程裡細緻與深刻的一面。

閱讀《血比蜜甜》不只是閱讀一本單純的詩集，對我而言更整理了我對黃羊川、史擺客、吳亦偉三個人的記憶，如果沒有這本詩集，我想我很難靜下心來去仔細想想我從剛開始認識一個人到目前的所有光景。一路上黃羊川先生也幫助我非常多，趁此機會也謝謝他。

王家衛喜歡將記憶比喻成「潮濕」的，潮濕的記憶往往也很鮮明。這本詩集不知道多少人會看到，但希望看到的人都能藉此對生命中某些不經意的小事勾起「鮮明」的記憶，不論是黃羊川、吳亦偉、或是Spike，不論是我記憶中最初的他或目前的他，他的文字有這樣的魔力。

寫在前面

——我睡而我也不在

黃羊川

　　我只是不斷的收藏我的睡眠障礙以用來寫小說的背景的段落的故事的我自己的無意識睡不著的告訴我自己的前意識然後再傳到意識這裡結果不知道自己到底在幹什麼而世界如此的巨大我卻改正不了趴睡的怪姿勢。這是我少年維持的煩惱並且無法完整的睡著。對了，我關門並謝謝光臨暫時。

目次

序

輯一：大人不在家

輯二：寂寞的遊戲

輯三：身體長出的武器

輯六：迂、逾與遇

輯一：大人不在家

「人是天生的詩人。」

——克羅齊

我寫詩，並且偷偷許下每個詩人都是新人的願望，
免得每個詩人都告訴我，我寫的不是詩。我寫詩，
希望在詩世界裡，大人都不在家。

——黃羊川　Never Land

鑰匙兒童

開關開關門
從一個空盪到另一個空盪
門後。

胸前的鑰匙
打開關不了的迴聲
鎖住自己不再打開
勇氣力氣與家。

自自助餐離開

—— 住在「別人」家

（動作自己來自己夾內心盤算的份量菜飯互相交疊佔據
計量有時候吻合老闆開口的心思有時候放棄出乎意料也
不是好玩純粹出於頑皮也挺在意這如法炮製的猜謎遊戲
有時候懷疑有時候則故做疑猜）

走進別人的自己——
動手選擇限定的樣式；
免洗的菜單與磅秤的熱量
忙完一頓飯的時間吃一頓飯
身旁的別人似乎也安靜地吞嚥
自己的胃裡容納自己一個人生活
掌控微笑或者計較的自由
每一道菜壓擠一種價格；
留下漫天叫價的蔥薑蒜再壓擠
聚成一團餵食生命的重量
隨時間涼掉的部分則佯裝冷盤

我們好像一家人
無以為靠地分食盆碗的角落
相聚卻各自喫咬自己的手指與竹筷
有人走過，而
每個人佔據各自的座位
我也執行每日的吃食。儀式：
張嘴閈嘴，雙手緊握，自己幫助自己
或轉頭撞翻別人正咀嚼的營養
斟酌、計量都一一隨新陳代謝容納更……
腐蝕的味道冒出一再消化的胃

角落卻緊靠其它空出的座位
有的座位津津有味地咀嚼
有的起身後揮揮手趕走了飢餓的
距離；離開的速度在離開前早已迅速離開

洗衣機

有一個笑話叫三個男人一起洗澡。

在洗衣機，髒汙如此的根深抵固。
在洗衣機，親情又是如此的貼近。
它舊力捲漩你們全家的衣物，把你
跟父親的陌生、母親的疙瘩、大哥
的尷尬、妹妹的冷眼全攬在一塊。

隆隆作響的發著雜音。

電話答錄機

鄰──鄰──鄰──
喂；我現在不在家……　　　　（自己沮喪的掛
　　　　　　　　　　　　　　　掉自己）

鈴──鈴──鈴──
喂，有人在家嗎？　　　　　　（沒有人留口信）
喂──　　　　　　　　　　　　（錄進了一大段沉
　　　　　　　　　　　　　　　默）

嘟──嘟──
──幹，什……麼……

鈴鈴──鈴鈴──鈴鈴──
喂；我現在不在家……
喂，我是……　　　　　　　　（我是我的先前
　　　　　　　　　　　　　　　理解）

喂，……　　　　　　　　　　（機器製造了人
　　　　　　　　　　　　　　　的聲音）

沒有人接聽的默契是：
在你說喂之前
錄製一種暫留的複誦腔調
發放給對方的耳朵
在你說喂之後　　　　　　　　（沉默是討人厭
　　　　　　　　　　　　　　　的聲音）

嘟。
嘟。
嘟嘟嘟嘟……　　　　　　　　（我們沒有因此
　　　　　　　　　　　　　　　收藏彼此）
　　　　　　　　　　　　　　（——也沒有告訴對方
自己的位置）

有人追了

——思考練習／爸爸一個人在家

你女兒有人追了／做爸爸的你有一點得意還不
小心撅起尾／你叫他們通通去排隊／排隊的人
一定要會游泳你說／不管你們想直的排橫的排
反正從我女兒後頭排起的隊伍勢必延伸到海峽
你說／所以你們必須會游泳你說／如果不會如
果有人溺水也與我無關你說／學游泳最好還是
先學自由式你說／萬一先學會蛙式之後就不會
想再學其它了你說／我可不會答應把女兒嫁給
一個青蛙王子你說／雖然是青蛙「王子」可你
還是堅持是「青蛙」王子／他們一定得學會仰
式蝶式這都是給我女兒幸福的保證你說／有人
問如果你女兒選了站在岸上的人呢／不可能你
說／不可能／我／女／兒／會／這／麼／笨／
嗎／你問這是誰問的問題／沒有人回答／你轉
頭問你寶貝女兒她有沒有相中誰／她不見了／
她不見了／你直呼喊叫／驚天動地／她呢／她
這樣離去如果被別人騙了怎麼辦／她這樣子會

幸福嗎你問你自己／她確定對方是她的真命天子了嗎／我這個做爸的該怎麼辦你問你自己／她已經被追走了／她自己已經學會自由式仰式蛙式和蝶式跟她的情人在游泳像魚一樣悠遊的游來游去／游來游去根本分不清在水裡到底是誰追誰／作爸爸的你只好安靜／迴避／一個人待在家

結婚的一百個理由

刮的鬍渣在釀
沒有從底擠的牙膏
燙平的襯衫在裝模作樣

一圈圈黃垢浸水的馬桶
　　摞臺高的家養小孩
　　　謄家庭聯絡簿

可以摞梯爬到老死
可以在紙上起舞
可以每天豢養一坨新陳代謝
可以插入一指親口答應
可是想不到一個理由

聽我唱歌，我不是天使

聽天使在唱歌，好
好聽，聽我在唱歌的時候，你們
好　安靜。

不小心被小刀或利紙劃過的皮膚，滲出的
血好美，一點一點，慢 慢 慢 慢 的……
慢。
慢慢的疤結著，結
著疤。

刮鬍子的衝動時期。
想大聲歌唱在廁所。
不小心的一不小心。
會有很美的滲出，跟聲音
一起。

Angel Pass
——初見面

沉默
是因為天使通過
是習慣靜默
還是寂寞
困惑著困惑

四眼相注視
影像還沒倒映在黑球上
就迅速逃離
閉著嘴含著微笑的唇
咧開彼此的害羞

安靜繼續安靜——
天使不移動
我們不敢動
只有感動在心底微微顫動、悸動、
心興奮過頭的痛

和心頭的那頭撞死小鹿──
一動也不動。

不經濟學

——致愛情

愛情的效用是零
　　　　我才選擇原點
凸向；凹向——原點
的邊際增減
或無效用或無意義
我們只是拼命的拉扯契約線

我退後一步向你宣示：
「奢侈財才屬於我
正常財顯然不足
你是我的獨占
路過的人則是我寡占的事業……」

你轉頭，卻前進一步聲張：
「直線與曲線相交的最適組合」
你的手勾彎我的手。
——我們跌入對方的沉默，成本裡。

拍照留念

1：盆栽

第一次拿起盆栽
我們都站在
階梯上依高矮胖瘦
唱驪歌的表情
拱起的嘴形
把種子按進泥裡
穩穩地
（——哨嚓）

第二次，有人離開
梯，階。
有人填補空缺
有人感到彆扭
有一些盆栽長大了一些
有一些碎瓦片鋪在腳跟前
又是一張離別的表情

揚起的嘴角與相聚的眉目
夾帶那麼一點點　憂愁
淡淡地
（——唔嚓）

第三次在階梯上踏步留連、朗讀未來
蹲下，把盆栽放在腳跟前；站起，每天澆水
轉頭、左右、男男、女女……
張開手指摸索對方、塗抹未來
撥開制服的鈕扣（——埋頭的
讀書聲）不知不覺也走到別離的跟前
那一夜第一次穿上大人的衣服
發抖的身體爬滿肌肉的線條
走到女子面前　一步一步　伸出手
學習以堅定的眼角望著女子
怯怯地牽手　在人群中轉圈
（——唔嚓）

第四次在階梯上脫掉衣服、
大聲講話、舉起大字、
忙碌於忙碌的事、
漫無目的似乎是唯一的目的、

好像尋找目標或什麼的低下頭，
才望見忘在腳跟前的盆栽
堅定的眼神圍繞著黑眼圈、
眨眨眼　便穿上學士服
（──過去一點──）
（──唔嚓）
　（──過去一點──）
（──唔嚓）

隔年還站在同一級階梯上不願離去
與新踩上的人相互推擠
　（──過來一點──）
（──唔嚓）

（──過來一點──）
（──唔嚓）
不小心地──
踢倒腳跟前萎去一半的盆栽。
一隻腳踩著未來另一隻腳則拖著盆栽……
不小心地──
不小心地──
不小心地──

II：大「家」

第一年，我躲在媽媽的肚裡。
爺奶爸媽伯叔姑孃丈站在各自的位置

第二年，我躺在媽媽胸前、
爺奶爸媽伯叔姑孃丈站在各自的位置
我是第一個躺在地上的小孩

第三年，我站在爺奶中間、
爺奶爸媽姑丈伯叔孃站在各自的位置
表弟是第二個爬上祠堂樓梯的小孩

第四年，我站在奶奶跟前、
旁邊有表弟與堂妹與囑咐的表情
奶爸媽姑叔伯丈孃站在各自的位置

第五年，有一個堂弟呱呱墜地、
我將頭髮以三七等分切分
並移往照片的旁邊、容易撕開的一邊
奶伯孃爸媽姑叔站在各自的位置

第十年，奶奶黏著堂弟的雙手，張舞
表弟堂妹站在我的旁邊捉弄
奶伯嬸爸媽姑叔丈站在各自的位置
我瞪他們一眼

第十五年，奶奶哭了，
所有人搭上飛機　趕往
奶伯嬸爸媽姑叔丈站在各自的位置
我站在所有人的後面
只露出一顆頭
堂弟堂妹表弟繞著所有人捉迷藏

第二十年，奶奶坐在輪椅上；
我不管站在那邊，都覺得
很彆扭——長大的小孩有一樣的臉
奶伯嬸爸媽姑叔丈站在各自的位置
我很想蹲——下身

第三十年，
我坐在電腦前；
爸媽兩個人坐在客廳；
其他人在自己的家，拆裝數位相機的記憶卡。

恐怖母親節

未滿三歲的小孩都拼命地咬住媽媽的乳頭
未滿十八的小孩都張開鼻孔貼緊女朋友的髮絲
未滿二十五的小孩都睜大眼撥弄影片裡護士的雙峰
未滿三十六的小孩都將頭埋進太太的雙腿間呼喊另一個小孩
未滿八十歲的女人一個人，而成群的小孩嘻嘻哈哈地
吸舔逗弄流淚的冰淇淋或伸張五指抓癢豢養的狗貓
卻聽不見她說：

輯二：寂寞的遊戲

左手。右手。不斷練習重覆。

有時候故意陷入某種情境——

只是帶著一台電腦一杯黑咖啡，奶精和糖罐各自站立一旁，

手指敲敲打打按鍵盤眼睛左瞄右瞧掃射一次、二次、三次，

每一次都經過不同的面孔。

有時候故意呼吸，只為了生命的繼續。

有時候生命繼續，就繼續無聊的遊戲。

——黃羊川　有時候有時候

一種團結合作後的現象

住在此處的我們
手握著手，嘴張著嘴，同手同腳
跳一種歲數不足的幼兒舞蹈

眾志成城——
我們相信他們給我們的諾言
像是我們以為自己講出口的一樣
嘴巴也正忙著歌唱
一種很久以前就流傳下來的傳統
所以他們相信我們這群神經病的待醫徵兆正在顯現

眾志成城——
我們強烈反抗傳統與平凡
他們剛好與我們同時期以見證我們有過的荒誕
不管是靜默的抱頭躺在衣櫃或是小蜜蜂的大聲公嗡嗡嗡
我們強烈反抗傳統與平凡事物

他們給我們一劑類固醇或是鎮靜劑的針筒解渴
沉睡的我們是特殊的。。。

清醒的他們幾乎合作無間
我們——
我們的臉不由自主的抽搐
悽悽，慘慘，悽悽……
但在睡夢中卻流露出沉默的感情

木偶奇遇記

木偶與木偶相遇
被線牽住的木偶不讓路
被線牽住的木偶不讓一步
在那裡
兩只木偶舉手投足便對打起來

線沒斷的線牽住了線斷掉的線
線斷掉的線纏住了線沒斷的線
相互捆綁的一場架；
在那裡一起跌股

線沒斷的機械地揮舞動作
線斷掉的爭論自由的搖擺
被線牽住的木偶說它在這裡，
被線牽住的木偶說它不以它在這裡的方式在這裡

在那裡——
木偶排成一列
影子牽住了線的影子牽住了木偶

線是斷的在那裡，線沒斷的在那裡
木偶擺動著拉不住的線搞不懂它們為什麼遭遇

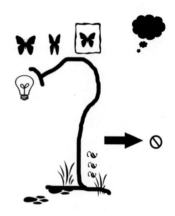

侏儒墊腳

站在侏儒的身旁
你從他的眼神看見自己的巨大
他怯生生地
歲月留連在他身上的也怯生生地

他墊腳的高度的
高度的所有重量都落在雙腿間

他墊腳的高度的
達到大於自己身高的高度

他墊腳──他墊腳──
腳都麻了
他抬頭　他舉手　他伸頸……
他，盡力了。

中斷／中段

0.中斷；

#15被我刪除了，又增添了本篇囉嗦之文，我
喜歡寫詩勝過於解釋，但我想再刪去一首自己
覺得不那麼理想的詩而加些自己心裡的話，還
算得上有誠意吧。

1.中段，

像剪紙一般地剪去了好多首詩，早期瘋狂書寫的
青澀都被剪光光了，但我明白還留下了那麼幾
首，是展開紙時去頭截尾還看得見奇形怪狀的。

2.中段，

留下的作品不能說是青澀，可卻也稱不上成熟
的作品，或許可以用強摘的果子來形容，不管
對讀者而言甜或不甜，但對我的回憶而言，卻
是酸甜苦都有那麼一點。所以我稱它為中段。

3.中斷、

被挑出來的詩，有一點開始老去的痕跡，但
與近期的作品相比，讀起來卻還是讓我本人
感到不好意思，我想多多少少是因為在眼角
的魚紋邊還帶著跳動的活絡吧，因此，雖然
稱不上成熟之作，不過被挑出來的，卻可以
稱得上是滿滿的回憶之作。當然，這種東西
就是讓懂的人懂，讓不懂的人繼續不懂。才
好。

4.中斷；

詩的書寫曾經中斷，中斷的原因大概是自己
的詩被自己喜歡的人所討厭，所以便掉入原
本積滿水的自己的腦子裡，差點寫出溺死自
己的字詞，身體與意識奮力地往外爬時，才
發現對方全身乾爽地坐在離自己咫尺的身旁
喊著加油，有些莫名其妙，但卻得以寫出一
些新的作品。我想那很大一部分是因為生命
的體驗與日常生活的經驗。

5.中段.

離應該出這本詩集我想快五年了吧，五年內我
已經又寫了另外好多首詩，一直在想這本詩集
到底還該不該出，或是直接跳過，把一些近期
算是「相當」成熟的作品拿來發表才不會讓讀
者覺得自己買了本浪費錢的詩集；但我想了想
還是算了，一來是我已經編好了三本份量的詩
了，它們不但是自己尚稱滿意的作品，也是充
滿主題、回憶與玩耍痕跡的頑皮之作，所以還
是不重編也不跳過得好。再來則是第一本詩集
的序大概幾百年前星月的同仁已經幫我寫好
了，已經寫好的序就像已經發生過的回憶一
樣，是不容許抹除的；第二本則是充滿實驗及
特定主題的詩集，也可以說是我個人獨愛的作
品，因此跳過這件事我任性地絕不允許。第三
本尚未完成的則是總結之作，包含對自己對生
活以及對過去的道別，無論之後還會不會再任
性妄為的寫詩，我想我暫時對生命的中段是不
滿意但可以接受的。

2009/02/10政大Starbucks

6.中段。

當真輪到找了。雖然任性妄為地對自己的孩子
有著偏愛，但還是做了一些枝節的重編，把個
人現階段看起來不甚滿意的幾首作品拿掉了，
一方面考量各輯的主題挑選並插入幾首別人也
覺得滿意的作品，另一方面則仍部份地保留自
己偏愛的幾首，算是相當中庸的作法。至於年
前心裡想的第二本跟第三本都還在籌劃當中，
至少第二本有八成屬於特定主題的詩作已經算
完成了，也至少有人願意幫找將我的想法畫在
封面上，不知道何時會再輪到下一本，但目前
的階段，找所能做的，不就是努力地閱讀、書
寫、思考與用力地感覺生命；這是我眼前找到
的中段。

2009/07/17政大宿舍

2009/07/19政大宿舍

人形回憶

還未翻身的午夜
床的另一半已經涼了
記得我們總是無法忘懷的
那部分
聲音迴盪
眼皮眨了眨
無味呼吸繼續
不自覺抵抵嘴唇
一陣冷顫縮緊身體
——轉頭未轉身

眼底的回憶晾在太陽底下
乾風吹拂臉面
卻怎麼也擠不出一滴淚
以為時間消耗了太多聲音
但眼皮與嘴唇已經縫合
那已風乾塑型的泥娃
占據了一只人形

裂開的嘴笑了
但靜靜地
——

雙人遊戲

——致 K 與 I 與愛情

你前進我後退
你往左我往右
你說喂我說喂
在誰說喂之前
猜拳：
石頭剪刀布
不算不算
誰先出誰出慢
再來一次；
誤解是圓的
再來一次。

不玩了你生氣
愈走愈快愈快
或停下撂狠話
或又愈走愈快
踏倔強的腳步

加快跟隨的我
深怕追不上你
不停留的腳步

走五步後停下
落後的腳步，
時間與你與路
過的人移動各
自的速度——

我只是站住，
釘住……以為
自己是圖釘。
以為一個人比
較有把握握住
快樂——

一夜長大

1.

身體摸（摸）
仿身體長大
一轉身，不小
心發現腳步
逐步。輕。盈。

2.

在房子裡跳房子
投擲自己與影子的順序
輪流數到一百。
（＿＿＿＿＿。＿）

3.

九十九，好──
了沒……
（躲藏在孩子氣身後
偏袒迎面而來的任性）
好──了

（──嗨呦）
喉間的粗聲回應風的呼聲
卻遮掩不住成長外的尷尬
輪到我　張。開。雙眼。

跳舞動人生

1.

左手拉住右手，往上伸展賣力
想摸到天
左腳勾彎纏住右腳
單腳站立等待時間流逝
；交換；
右腳勾彎纏住左腳
等待，懸在半空的時間
流逝的歲月緩緩被拂去
；交換；
──輕墊起預備的腳底；沉著地等待
──調整呼吸／轉動

2.

等待眼前的
帷幕那頭貼滿好多人頭

人頭的手在帷幕升起時預備鼓掌
掌聲響起在帷幕那頭
聲音迴響與眼前的等待共振
抬起彎折的頭

帷幕這頭站立一對等待的
手的腳
交換，避免僵硬
避免短暫的時間停留過久
等待那頭交頭接
耳；這頭折彎的頭錯接身體。

肢體麻木，於是左腳勾彎纏住右腳
等待……右腳勾彎纏住左腳等待……
伸手，左手拉住右手，向上——

帷幕不知不覺地被樂聲拉起
拉起掌聲後知後覺的響起
響起垂吊的雙手已先知先覺的擺放開
未經思索——
一蹬起，便與影子分離。

再疊合
轉圈轉圈　轉——
圈住下頭的人頭的張口
一伸左手就右手就左手又右手又
整具身體在自己畫定的圈圈裡
不停翻滾、轉動
伸手，摸，像摸著，天
轉圈，像抱住整個世界
分——合

3.

左手右　左腳左腳
右　左腳右手右手
左右　左左右右
腳　手手手手手手手
動作自然慌張忙亂
誇張調整同手同腳
打開手　　腳
揮舞距離與身體的重量

4.

轉圈。剛剛好的範圍
掌聲。剛剛好接續停下的動作
習慣動作接連表演動作
表演動作模仿練習動作

——蹬起，雙手以肘揚起
影子離開身　體
影子接合　身體
空白黏住空白，暫　停，　　　　，停　　暫，
身體等待影子
現場半片靜默
另半片伴隨靜默……

仰頭，豎立雙腿，張揚雙手
——墊——足——站立
身體一躍在樂聲中一躍的影子
停留在空中停留的時間中途停格
——掉落
身體停止——影子激動得不能自己

來回的身體手腳打開了時間的重量
有的人懂得合時的掌聲
有的人跟著掌聲之後掌聲
之後的……之後掌聲…………
那瞬間──懸在半空的時間統統掉落
伴隨掌聲震動整個舞台

影子搖擺的力氣過大無法交換
留在原地不能自己的身體

表演狂七首

之一‧小丑

偌大的紅嘴超出了笑聲的界限
搖擺誇張的肢體
張舞肢體沾沾自喜
一樣頭的綠色上帝在人群中扮演掌聲
他是超能力家族的第一員
引誘不知情的笑聲不絕於耳
衣著的色彩異常繽紛

心底住著那頭走失的羊
不斷地對著他——咩
猝了命運的連接
他左前右後晃搖
忘記自己的重量
人們也忘了張大紅嘴的玩偶裝著他

之二‧走索者

迎面表演一場與平衡木的相遇
他懸掛自己的身體
懸掛生命的道理或沒道理
左右平衡上下
上下扶持前後
獨自行走是本能反應

他代替自己示範差點跌落的姿勢
為了討好柏拉圖式的觀眾
他是笑聲與掌聲背後豢養的羊
——可替罪羊死都不知道
掌聲顫動空氣
繩索斷續晃搖
呼哈嘿嗯——
呼啊——幸好還好剛好差一點
啊呼——柏拉圖也以為最適

之三‧水中脫逃者

捆綁必須剛好
剛好符合廉價鐘錶計量的時間

表面焚燒的光亮液體
映不出水裡的他的表情
覆著羊眼的他
模糊著勇敢並用掙扎以痛苦與死亡一同
掙脫，時間的捆綁

一缸水。一場汗。一泡尿還有一行落淚都在
同一缸池子裡
（——液體與液體正比賽）

浸溼的四肢穿梭鍊結的
手心脫去觀眾的左心

之四‧魔術師

吻別──
一隻手沒有
另一隻手也沒有
這不只是一頂高帽子
一朵花團錦簇的魔幻巧手
一隻飛過一百場幕景的鴿子在上頭拉一泡屎掉
在觀眾的頭上
每星期固定從帽子裡變出一隻兔子
它跳碰跳的在他面前走過
──掌聲與笑聲暫時拉長了人間的歡樂

之五‧模仿機器人的動作師

在心裡懷著好幾個念頭：
「動作跟著我的一起來；
一起跟著我的動作來；
來一起跟著我的動作；
一起來的動作跟著我；
我的動作一起跟著來」
（──好喘）

觀眾席流露出張張悄悄微開的嘴
一個個都含著靜默卻未曾告訴
結束的掌聲尚未響起
眼框也尚未眨出酸楚；眼角淌著一道驚奇
——十分安靜

（——好安靜）

突然
全場響起嘩然的掌聲
兩道感動的動感淚滴持續的下落
此起也彼起——
信不足的疑慮與無以名狀的感動，
彷似共鳴地響著
滴——答——滴答的心跳聲。

之六·兔女郎

左彎的大腿
右彎的大腿
左右左右彎的大腿交叉

翹起的耳朵翹起的臀翹起的剛好分佔
一邊與一邊／以利亞或瑪莉亞的位置

眩惑的波影，交錯的肢體
網狀包裹的童女情結
曝露出的情色與夢境
左右左右彎的大腿碰撞
觀眾仰望的目光
燦燦地一下都不眨一下

魔術正疑惑──
真假正分明──
表演正進行──
──眼光只投向有光的地方

之七‧再見

他們全走向──
小丑在人群中閉上嘴，打開門
走索者找不到方向，他看見
脫逃者反覆反覆開關門
魔術師抖動的雙手甩不出什麼

動作師歇斯底里地間歇抽動
兔女郎呵笑呵的合不攏嘴
全體一鞠躬後笑聲也被拉上門

燈光一暗──
──視覺暫留
背後，表演者迴避了延伸的痛楚
觀眾們則發出鏗然的笑聲
一顆一顆地……掉到腳邊

燈光轉亮──
倒映在腦海裡的
也再沒有人看見

笑聲與掌聲與愛──夾著
任意揮動的嘴唇手掌
這些那些散場後的空盒……

輯三：身體長出的武器

當你們以為我是太陽時，我是太陽，
深惡痛心與覺悟感慨都以光年的距離無限扭曲後，
我們只不過一直在夢裡無意識的翻身……
重覆翻開那些幾何圖案
黃羊川便只是一塊沙漠，如同我。
可我不就是黃羊川嗎？

——黃羊川　刺眼黃色冥想

鏡子三首

1.跟隨者照鏡子

跟著我做你可以得到……
跟著你做我可以得到……

向左
向右

向左向右
向右向左

你正看見自己
自己正看見你

跟隨者是領導者的跟隨者的跟隨者……
誰的你或是你的誰
在不在自己的身體裡摸仿在不在自己的靈魂裡

2.裡面的鏡子

時常被詢問為什麼把自己關在象牙塔裡面。
便氣喘吁吁的反問對方為什麼把自己關在外面。

塔裡有很深的淵
還有另一個反映的外面

外面其實在裡面
裡面的那個告訴我誰才是世界上最外面的人
好不好？

3.外貌協會

「這些問題不再風行。現在
探索的是外貌和魅力。」

只管照鏡與扮裝
鷹頭貓眼炯炯如炬的直視自己／類自己的菜
我看見你看見他又看見我……等等的。
集體檢視菲洛提亞的莖

繼續練習儀態
當眼睛自己的觀眾
當你看見小洋娃娃從別人的黑眼珠裡

星星以下的色情

1.繁星仰望繁星

抬頭注目閃亮的星空
專注混淆了距離和距離以外的
距離與距離之間的──

仰望星子
等待過期的閃爍等待
往返的光亮的眨眼瞬間
挑選過光害和以上的影響
星星正旋亮
眨眼也傳送過時的光亮
燈塔昏頭轉向的傳喚浮動的海面
以下在渙散
包括星星睜得愈亮
紡織娘愈賣命的編叫
雙方的交集

一波又一波的浪濤過沙
又濤過沙又吮又吸又全浸在一起
逐步爬上岸，
侵佔我們繾綣一起的足踝
磨蹭間提醒我們的距離
和我們必須跨越的距離

2.影子顫動不由主

躺臥對方的身上
汲取對方的身體，體貼的倒影
相重疊的身影
吮食對方的體溫
仰望又低頭，侷促——
低頭又仰望

互相粘著又仿造舉動
手握住手，來來回回
交換姿勢交錯重量
交錯速度也交錯現實
伏地、貼緊又搶呼吸——呼——吸
星星在閃亮——在——閃——亮——

影子五官無法端正意識逐漸模糊
腫脹的倒影畢竟腫脹月影
發散的月暈滲進雲底
影子顫動不由主

3.製造約定

注目與光共振
閉目與動作反射動作
眨眼一眨眼
十指交錯十指嵌合
呼吸牽引呼吸
同時發生同時

我們同時進入對方的身體裡
並眺望遠方
星星睜閉雙眼
時間等待時間經過
大海展開雙臂
光線繞圈返回眼睛

是不是我們太靠近岸邊
抓爬上岸的海水沖刷過時間
沖刷過龜裂的沙縫就癒合
我們緊緊地靠著對方
勾彎小指互相約定
在沙上蓋上大拇指印字信
啣對方的耳朵聚攏隻字片語
躲在同一朵傘下
遠方的絢爛眼神拋向你
──深邃的距離
你眺向任一個遠方

青月光殘存暈散的視覺暫留
在你的眼底，閃爍短暫來回的幸福

你那邊幾點

竟是渴望一個人
所以渴望時間的停留
料不到時空交惡
空間混雜著時間
欲望一個人
視線交會後自動反射
身體表面
光線也一絲不苟
注視，遭遇
盲目的寂寞
胡亂撞頭的邂逅
仰望時空的界線
才發現你的昨天我的今天
妳的男心他的女體
竟在暗室裡相遇

不斷默頌異地的時間
緊盯手錶上的分秒
六點／佝僂的夢魘

十二點／集體的尊嚴
前面，後面，胡亂造愛
騎著越界的歡愉
充斥曖昧不明的悲哀
氣氛超限
隔壁房的陌生人聽見
卡帶重覆播放的大悲咒
不斷的更接近一點⋯⋯　⋯⋯

——一瞬間
入肚的腫脹
然後——解放
——齒縫間溢滿疲軟的史漬

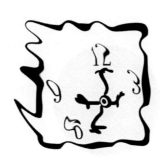

同一片天空

——給姐姐

我用手用眼皮用紙扳用身體或躲進某某猥藝的部位後頭搗住眼睛只為了不想看到G@D嘻笑怒罵或者發出環狀聖光的刺目摸樣讓我無法睜開雙眼，我仰望不是對YA—SU無名的仰望而是對那一片自稱是反射海洋反射宇宙反射不知何處的鏡子的仰望我仰望只是一種動作的慣習我仰望上頭共色系的一朵花一隻蟲一條龍一部車和各種可能的變幻無常我仰望希冀有人也正在仰望——後來天空一片灰暗剛好適合睡眠的亮度翻來覆去但也沒辦法進入夢鄉那是一個我自己想像的也其實本來就藏在我意識底下的莫名的區域我住在那裡每次睡覺的時候就跑出來搗亂以免表面上的那個人睡得太熟熟睡的重量把我壓死所以我製造各種幾何圖案來擾亂表面上的那個人的睡眠好幾次有好幾次他都因為幾何亂象的空間感而失落而驚醒我在底部竊竊地偷笑而他感到莫名其妙。他醒來找躲起來他睡

著我就跑到上面來跳舞好幾次我試圖想舉起他
的身體用來操作像木偶表演可惜他的重量遠遠
超過我的負荷。

後來太陽轉過了雲而天亮了起來一片又一片的
雲不知是消散不見還是躲了起來而整片極度藍
的天空看起來像假的也不像是希臘的天空的藍
的顏色。他若在路上行走時跟那個女子眼神交
會我會偷偷觸動他的臟器使它噗通噗通的跳而
他臉紅氣喘不知所措的模樣讓我引入一個假想
的童話故事讓他像吸食毒品一樣想像愛情的美
麗還有愛情的美麗還有愛情的美麗美麗以外的
東西都得等毒品的效用退去後才能察覺。停頓
時他仰望天空我也跟著他的眼睛一起往上看才
發現有無止盡的上方。上方。上方。我跟他站
在地球的下方我們都沒有腦充血而且還活得好
好的在吃蘋果和呼吸。

同一片土地

── 給 W

「一個連結號是不足以藏蓋抗爭、氣憤與受難的哭喊，
武器、飛機與炸彈的噪音。」

── 德希達《他者的單語主義》

　　模仿聖母處女懷孕跑到同一間馬廄生下另一個
YA—SU只為了重新整理那一群生來就是G@D
之子卻四分五裂的人民每一個都聲稱自己的虔
誠度高達百分之二百每一個人都高舉雙手對天
空做無名的仰望每一個人都張開耳朵在天廳裡
試圖聽見G@D的聲音但萬籟俱寂沒說什麼的
靜謐卻敲響了每一個人的腦袋瓜子卻以為是天
啟的什麼文明什麼也說不清楚的感動莫名以為
自己是跛子可以重新走路以為自己是瞎子可以
重新看見眼前的世界以為自己是妓女已經被洗
滌乾淨成聖潔的處女，不過事實卻不是這個樣
子都是假裝的摸樣所以走到東走到西一下子哭
一下子笑因為哭笑或者痛苦都是想像的摸樣而

且你以為你走路你以為你看的清楚你以為你純
潔神聖到某種模樣——
G@D說：一開始即是誤解，就這樣吧。

咬一下蘋果突然嚇到為什麼裡頭長了蟲子開始
懷疑蟲子是從蘋果裡那道縫爬進去的或者以為
蟲子是從蘋果核裡滋生的那麼蘋果打一開始就
是髒的。髒的受祝福的蘋果。於是白雪公主才
吃下毒蘋果以引誘王子的親吻以招惹七矮人的
妒嫉之心所以壞皇后才犧牲假扮成賣水果的阿
婆走在可怕森林裡。童話和神話的邏輯充分滿
足我們的腦袋充分滿足我們的幻想不足的部分
充分滿足我們想滿足的各個部分。摸仿聖母懷
孕租了同一間馬廄為了生下一個女YA—SU她
的出生是為了前來拯救那些先前沒被男YA—
SU拯救的部分她呱呱墜地的摸樣充分滿足了
G@D之女的出生應該閃著晶亮聖潔的光環圍
繞在身體四周——
她哇哇大叫張開小眼長得一副像人的摸樣，
阿門。

羊啊你在那

羊啊你達達的羊踢聲
跑啊跑的角跟腳撞在一塊
狼來了狼來了狼有一天真的會來的

羊啊你咩咩叫個不停
聲響不絕於耳
包含挫折的部分

羊啊你用一種超然絕對的消極抵抗
害怕有時卻也可以避開
等待時慣用模糊的羊眼看
轉呀轉呀壞人便一個個不見

羊啊你在告訴什麼天啟的文明
噓聲明文規定的自身屬性
但一轉身又難以界定

羊啊你是不是有罪
或者專屬用來替罪

羊啊一隻二隻三隻……
我沉陷在拔羊毛鋪的軟床
羊被數了一萬次
但羊睡著了我還沒睡
羊騷味搔弄著我的噴嚏

我夢中數不盡的羊咩咩虔誠地叫
羊消失在隘口跟隘口之間
我站在早餐的甜甜圈中間說謊
牧羊趕羊在羊腸小道
羊跟著撒旦逃跑

我蹲在石頭旁等猜謎的人出現
告訴我是不是曾經路不拾遺一隻羊

每個人都在逃

「此患者有記憶變形的問題，其記憶傾向受虐，因而
變形。」

——米蘭昆德拉《無知》

每個人來回行走、抬頭、張望……
反覆地行走，抬頭，張望——
是故意或是無意？
有人往自己設下的籠子裡躲
有時歇斯底里地
抓著籠子激動地搖——晃
安靜後擺起任性的姿勢——

籠子倒吊於廣場中央展示
有路過的人指指點點還噴口水
有路過的人掩眼快步後回頭瞄視
又換來下一批路過的人，重覆——
卻散發第一次來到的氣息

時間一到──每個人都在逃
關於記憶裡忘掉的左邊部分
以及失憶裡強迫閃爍的右邊部分
無依無靠的眾眼盯著鐘繞
有人若有所失的在廣場行走
有人煞有其事的在廣場行走
仿若大規模的繞圈活動

每個人都在逃──腳步瞬息萬變
從碩果僅存的某些片斷逃到另一些片段
未發現自己原地踏步（一。二。一。二。）
持續強迫症地跟隨（一……

沒有頭

切掉的削齊斷口
沒噴出血的──
是蝴蝶在飛，蝴蝶在斷口處吮血
輕柔的翅膀停住了暴裂的
強而有力的
溫柔
她們只不斷地舔噬～～

你在你的世界轉喉頭音唱了首歌
詭異地撐過了好幾個低音
氣管與食道好不尷尬地靠攏
你在唱歌，勒緊聲音的──
聲音
找到方向了沒有的沒有頭
漂漫的意識仍在辨識中……

每一隻蝴蝶都含一口血
依序排列地舞動翅膀飛
引領你往一個沒有耳朵聽見發出歌聲的方向

沒有頭的你遷徙你的身體，循方向地
蝴蝶的翅膀同一頻率的擺動
振動了整個世界的——
卻無關你的視界……

流浪漢

每個角落都有輪著誰放的尿
不是沒有廁所
而是沒有必要

裸男三首

1.起床

男子覆肉色的膚皮
起床。下床。照大連身鏡

看見美麗呈現肉質膚色
鏡裡的人走近又走遠
轉身。純粹展示一種美麗
張舞著肢體以爲純粹
肉身自以爲潔淨

修剪。頭毛，鼻毛，腋毛，陰毛，腿毛
包包記得放KY和保險套
離去前端詳鏡裡的人
鏡裡的人走遠又走近
轉身。留下一種舞步

2.逛街

男子沒穿衣物
衣物掛掠在別人身上
晾掛的身外之物

晃動的卵袋舞動著
化妝小鏡練習儀態隨男子的腳步
一種錯綜複雜即興演出引人側
目——
步伐。一種勾引的預演
路人閉眼專注的看
嘴也張得老大不小

男子沒穿衣物
繼續以毫無目的的目的走路

3.上床

無聲。大概是呻吟過度
張著嘴只下一口又
一口的。吃了又吐出，吐出又吃進去——
（簡直到了反胃的地步）

想吐。大概是高潮的緣故
裸著身體的男子
嘴巴是乾的；身體卻是濕的
大概是不能懷孕的緣故
所以特別疼痛

練習而成的精壯赤條身體開門關門
裸體作為一種純潔的美麗
擺動的身體增添鏡子的扭曲
搖擺。沒有任何疑慮

夢裡偶爾看見自己
看見自己裸著身體作為一種武器
漉漉的感覺陷在人工的夢魘裡
疼痛的感覺隱隱抽動
卻不知在那裡

輯四：血比蜜甜

徹夜未眠，
在夢裡獨自遊盪／迴避人群
醒來，
夢中的空間異常空曠
全部，
只有如雨掉落的點心佔據；我
跳舞並搖著甜甜圈。

——黃羊川　失眠與一些點心

排隊

「這個時代的傷痕永不凝固，」

——林燿德＜彗星來到的時候＞

1.目的

站在雨裡排隊
安靜排列在人群的周圍
連趕忙搭上雲的蒸氣也沒聽見
人們遺失了哭泣
曝露出天生的安靜
一個接一個的堅持遵守秩序
黃牛學孤魂野鬼的摸樣四處遊蕩
兜售漫無目的是唯一的目的

2.保持距離

人們在隊伍內擁有方向
沒有人推擠
沒有人吵鬧

沒有人談政治
沒有人聊未來
所有人保持適當的距離
距他人與黃牛萬里之外

3.未來一直來

隊伍排久了就變得世故
窗口前交換繁複表格和圖章以物易物
齊全的證件擺出梭哈的氣勢
秩序組裝秩序
安靜埋藏於人們之間
黃牛走來走去
橫行地步入失落的年代
冗長的隊伍裡充斥冗員
靜默的人們勒緊脖子等待（鬆了褲帶）
隊伍不斷地往後排
未來也一直來
可卻怎麼沒有人發出聲來

4.上帝犯錯

輪到A後輪到B後輪到C後的D……
雲偶爾來襲雨也偶爾灑落大地
傘由於相互擁擠所以沒有人打得開來
過去的時間迎接上後來的時間
有人踱步等待有人頻頻點頭發呆
黃牛有時一湊近過來
人們旋即聲稱吃不下那麼多想吐出來的東西
一輪到自己，就突然清醒過來
抬頭／未來還是一直湧上來
或低頭／過去便杳然無蹤
唉，沒輪到只好明天早點再來

X日子
——一個人的聖誕節

每一個一個人
都假裝成聖誕樹
一棵又一棵又一棵又一棵棵又一棵又……
並列

以為自己是聖誕樹
以為站立
以為發光的神聖以為
我們發明了我們自己

——記得那天嗎?
我們都假扮成聖誕樹並
需要一棵人陪
轉頭
誤以為呼喚
卻只是陌生人的迴音
雖然那天沒有下雪
但陌生人間的歡樂卻也路不拾遺

惦記——伴隨雪落下想念
雙臂抱胸
抱緊自己並懷抱溫度
頻繁的摩擦
暖和身體
也緩和忘記
冷風不斷竄進一個人的窗
似乎也在尋找空位

我們都曾在那天與另一個人嚐試
十指交叉
身體與身體靠攏一起
不小心還是營造了
熟悉的尷尬／陌生的溫暖
手指與指縫嵌得更緊
大概是寂寞襲過寂寞的緣故！

夜底
霓虹轉了一圈又一圈又
閃爍不斷的螢光偽裝成白天的光亮
床上的餘溫、陌生人的味道和幸福的摸樣

那天過後的三百六十五天
萬一來不及過去，或
萬一還是一個人
可以雙手合成一個窩或
左手與右手握在一起
給自己打氣

下一個X時，或許不是只有自己與自己。

命定的影子與重覆出現佔滿

1.

他們都有四肢
都有頭和頭髮
都走來走去在有光的地方
一下哭一下笑又呶又叫
他們都緊緊緊的跟隨
都黏在你腳底扳下

你移動他們墊步跟蹤
靜悄悄的拖油瓶每天攜帶
咕／咕／噥／噥——
大部分時間還佯裝獨立
並每天撕去一頁日曆
日期隨日曆的撕拉經過自己

2.

他們重疊時交頭接耳
交換八卦——
你從算命婆那得來的一卦
——大凶：「諸事不宜。」
他們不滿意他們鬧他們在日曆前跳小步舞曲
你瞥見日曆上寫：
「今日肖羊者諸事不宜。忌嫁娶、訂婚、移徙
入宅、起基動土、謝土、開市、祈福酬神、造
廟。」
抽出紅包袋暗藏的藍色紙鈔的你
迅速離開
他們也跟隨也腳步加快——

　　　　　　　加快

3.

回到家打開亮了四十年的燈
有一隻青蛙醒來
呱呱呱和紡織娘合唱哇哇哇——
打開電視有一萬個兒童困惑的安靜下來

吮指流口水盯注青蛙與紡織娘交配
左上角一只「限」字貼住眼睛
第一萬零一個兒童感到肚餓就哭
震動整棟公寓
公寓與公寓相互振動
仿似地震──跑呀跳的／腳步雜沓
影子聚集在空地無辜地相覷
面面都不願承認什麼
什麼與愚蠢有關的行徑
若無其事的走掉以為
若無其事的打開燈、
電視也還若無其事的播放
你感到若無其事的莫名
其妙，
你打開四十歲的熱水器放出四十年後的熱水

4.

十二點燈關掉了年紀
影子躺在黑暗底
床該睡了美容覺該靜靜躺下該你
你與你重疊

轉身並翻來覆去
後來你發現你只是
擅於自言語或數數綿羊
（一二三四五六七八九十………
………五八六…九七三…四二一…
………………十………………）
天外飛來一隻山羊──催眠曲已經睡著
你找不到剛剛的綿羊
山羊也懶得理睬你

你於是轉而自我安慰──嗯──
於是大腦與性儀器奄奄一息
倦意的鬧鐘呼了哈欠
夜晚已經拋棄你
漸漸，聚積的睡意漏出
你裸露的身體蠢蠢起伏的喘息
你轉背，背對光
面向夜

5.

　　深夜底
　　影子獨自撐起固定頻率的呼吸
　　鼾聲有時
　　也起來幫你梳頭髮
　　一根一根（一二三四五六七八九
　　十…五八六…九七三…四二一…
　　………………………………十）
　　非常仔細。

消費三首

——悼左派與「立場正確」 的正當行為

1.替換人

購買一瞬間的瞬間
打開相簿打開回憶打開
不斷發現一個人不斷發現
所有的相片都曝光所有的身影所有的
孤獨與寂寞躺在一塊

把新購的彩色貼上眼睛
只以餘光瞥見路人
我們都把自己太緊抱得冬天都躲了起來
差一點窒息的未來有你有我：
嘴裡則含著光說不做的愛
太多的節日被禮物給淹沒
太多衣不蔽體的扭怩姿勢
不安有時是脫皮的香蕉有時則是面具上的紋路

2.沒本事

作者不──
知道讀者是誰不知道
他們是吃食字句的顧客群
他們每天默唸一段小說的情節
字與字間的空格（字□字）有唾沫
有沒有辦法填上自己的位置
（是村上迷是愛玲迷……）那些嘴巴發出的：
都可以吃下可以吐出可以唱歌
都只是經過同一張嘴巴的實際檢查
是西瓜味有香蕉味也可能帶點榴槤味……

3.站在空的空間宣示要穿梭人生

隨信附上一張羊男的照片
貼上隨手抄下的徐志摩
黏幾片白色的流蘇
畫幾朵搖滾的音符
剪影與複印充分掛勾
濫用已過於頻繁
　：

攤開網路版的馬克思主義
慣用方型的眼睛搜索
嚼著嘴裡三寸不爛的舌頭
遣送那些書迷返回各自的世界
看見所謂知識分子的圈圈
有些逆著資本主義的輸送帶拼命漫跑
有些則回去甜甜圈中央。

噓！離開偷偷
——致逝去的時光與
不該掉進愛的人

輕輕的，昂起腳底盤而以躡腳指頭的方式
墊腳捏鞋偷偷離開
蹲踞，托腳吻合鞋後跟
繫緊鞋上的蝴蝶
緩緩站立並沿邊緣徐徐前進
　　匍匐前進——左顧右盼
耳背聽見有人命你快回頭

前進，使用腳
使用腳走路，逐漸，抬頭挺胸
（界—門—綱—目—科—屬—種）
循著演化的勝利姿勢
集體擺手齊腳前進
一步接一步踩踏表面
於我與你

一個繞過一個又一個
一圈圈自己畫定的界線
聽見有人大呼：「停止！不要再玩耍再互相的
　　　　　　　　　遊戲」。
──說話跌倒
跌坐身旁的人跌坐身旁

停止（準備再站起）
──遲疑的部分是上吊的眼珠
　　和腦區塊裡互相編織的偽裝術
　　與束束也纏繞的髮絲相互粘貼踱步
瞞騙停止，
身體顫抖無力控制、
恐怖橫流、
創造傷痕、
左盼右顧、
暫時沒有人前來救贖，
停止停止
不斷質疑倒錯的事
繼續前進
每一步都抄襲先前輕易踏出的聲音
理由是沉重

也包括被假荊棘羈絆腳後跟
一時四周光影吵鬧五味刺鼻
真亂七八糟──呶呶呶的
左顧右盼的人左盼右顧其它人
羊群不再信任牧羊人

仿似追逐，噓一聲全世界一起安靜下來
詭辯，說謊，為說謊再說謊的唾沫
橫飛仿似追逐的聲音
牽引焦慮的耳朵
轉頭
發現身後無路可退
躲躲藏藏隱瞞離開的念頭
路過時，有人不斷朝你這頭丟石頭
同情最後也跟著跳樓大拍賣
嗚咽在喉頭的答辯聲則像菜市場一樣叫賣
全世界繞在你身旁起哄的吵起來
不過你卻找不到耳朵可以聽

一切的一切
同剛開始時並不一樣
卻記得當時自己是偷偷的來

躡手躡腳的踏入禁止的區域
獲得的幸福只能私下慶祝
你問過我們是什麼，
我說我們是我們的先前理解
──如理解試圖理解理解──
最後，像一只破舊的洋娃娃一樣
結果都一樣

石頭持續不斷的投擲過來
畫地也無法自限
置身一場公開的祕密儀式
認真的神情被誤認為虔誠（空洞不斷閃爍）
──停止傾聽那些大呼「注意聽」的人*
──快──跑
不要浪費一開始空出來的那七天。

　　　　*摘自：德希達《他者的單語主義》。

樂園荒蕪

——悼她的後半生

圖一．【非拾穗婦人】

落葉爬滿地面
淘氣有時紛飛有時受風聚攏在路邊
竹編的掃把刷刮地面
竹編的畚箕搭配盛裝

一雙老嫗的手還彎七十五度的腰
袋袋落葉兀立在旁
與一溜煙的輕風乾瞪眼
裝滿難以計算的數量與其它紛飛的重量
蹇蹇窣窣的景緻
旋
　轉
飛　　舞

落葉落到風中到地面
落葉落到風中　　　到天空
落葉落　　　到地面到天空
落到風中到地面到天空
落葉落到風中到地面到天空
構成一幅：落葉拾撿老人
——「非拾穗婦人」

彎腰和刷刮地面的間歇喘息
埋藏在秋風中—呼—呼—呼的

圖二‧【銀髮族如她們】

她們小跑步／助跑
騎上淑女車後由腳踏扳帶動腳
緩慢的速度補充速度
銀髮族如她們
　　　　　　　　抖動
　　　　　　虛晃
　　　　　　　　　的
　　——流連在車陣中

紅燈時相約停下相約下車
——她問她的孫子長得像誰
等待綠燈，再一起助跑
——眼神與臉輪相互寒暄
車陣間，
也顫抖與慣性的搖擺
前後與左右互相徘徊
速度趕上了緩慢的速度
車陣間——
她們走她們的方向；一起／分歧
大車走快車的方向；一起／分歧
尚不同時……

（——卻偶然相遇）

圖三·【斲輪老人】

心臟跳跟著心電圖躍
呼吸道持續從氧氣管延伸
牆上重覆的刷白
臉上也發白

血管上的針與膠帶與點滴與心事重重的皺皮
佈置成現成生活的一點一滴
哄——躺著的那個人的手的腳的
那張臉的斑點紋路
妝扮成蹣跚老人

對時間調整時間
面對重疊的白色不知為什麼
對著鏡子照直到發呆
雙手撐住身體的重量
找不到一隻有空的手
抓一抓散團糾結的頭髮
整一整長時間躺臥的紊亂
與斷續不見的掌紋
陰影逐漸隨時間躺去
一片發白的殯來訪
來自鏡對面的那個人的睛瞳與
長時間躺臥的凌亂頭髮
一根一根的不知怎麼的
失焦的著起火來。

島，過度回憶

從國父紀念館流連到漁人碼頭
在台大醫院卸下埋怨
再從紅毛城溜達到動物園
更遠一點也就離開了
彩色地圖過度描繪的比例尺距離

每一天經過每一天
老人攜帶小孩而孩子捉弄父母
在假日一同踏步
島嶼模仿藤蔓不斷的生長
有一天也符合眾人共同的生命脈動
跳動──
雀躍之間，□□人與□□人之間還需不需要
拉扯彼此的距離
或將世紀的恩怨再乘上世紀
然後，有一天繼續經過每一天
我們也能手勾手牽在一起
最後，忘了各主席們召喚的亢奮心情
只有只有──

小朋友睡前忘記刷牙的齒縫殘留
一代又一代的繼續累積
我們在一起的回憶。

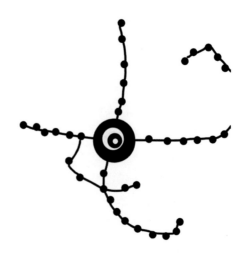

離開，以最美的姿態

選擇，不過是
一瞪一跳一轉身
身體與影子暫時脫離的遊戲
下一個
輪到你。

輯五：十萬個為什麼

為我們的生命做分類
遺漏的項目太多太不完整總是
為我們的生命羅列
各項自以為完美的解釋
和最後一項猶疑不決的囊括
□其他＿＿＿＿。

——黃羊川　其他

十萬個為什麼：
雨、椅子與箱子
——致離去練習者

背景。
為什麼你要一直製造牛的聲音
為什麼非得巧立一個名目
為什麼喜歡你需要一些外部的物質

面對面。
我們喜歡將自己投擲到水裡
等待連漪出現　消失
不久
我們也厭倦下雨天
便互相要求對方還給擺在對方家裡的傘
打開傘
下了一場雨在傘裡

背對背。
找發現找並不屬於一組桌椅
最多是一張椅子
或關於椅子該有的位置
或有人坐在椅子上
反覆撫摸椅子
才發現摸的是大腿骨
又拉一張椅子皈依在有人旁邊
發現一張依靠
日子久了變成流水帳
一切開始是：……
——倒果為因——
有人說找說有人們說……
再聽沒有人有耳朵

單獨行動。
台前堆滿草叢假木與隱藏的後台
外頭有箱子不斷地被搬動，
有人走動，拖曳一只只箱子……
拖曳……

轉身——轉身——轉身——轉身（——又回到
原地）不問為什麼。

把自己打包
放到箱子底
長成四方形
我的愛也長
成四方型。

十萬個為什麼：
雨；背面互動；開放空間

1.

為什麼在液體中會受到向上的托力
我們卻不斷地往水裡畫圈
不能確定的逾期揚起漣漪
為什麼推翻的時候要瞇上眼睛
耳朵卻聽見風吹的空曠
為什麼永遠不知道什麼時候出太陽什麼時候下雨
卻抬起頭　眼睛刻意保持安靜
為什麼風會不顧一切地吹倒依靠
轉身　沒發現推倒

2.

窗面的霧氣凝成一片模糊
保護我們牽手的姿勢

沿屋簷滑落的雨滴
一滴一滴地穿越葉面
沿你眼角溢出的淚滴
一點一滴地滲入我的手心
融化並　清出我的話

挾著我的沉默撫著你的嗚咽
房間裡充滿你的味道

我的唇浮貼你的頰
我的鼻浮貼你的耳頸
我的雙臂浮貼你的臂膀
我的味道也只浮貼你的味道

3.

你　打開窗戶
聞見外頭的氣味
別人，路人與雨滴一粒一粒貼　吻屋頂
非常仔細（──你曾告訴我：「我喜歡下雨天」）

桌上的熱茶不斷地溢出溫度
我　與揪在一塊的等待
盤根錯節的表情為什麼

（有一陣風──）
折疊好的心情沒為什麼
一張一張　吹　散──開──

十萬個為什麼：
雨；椅子長大；紅雨傘男孩

1.

為什麼傷害會造成
臉上爬滿屑屑
眼屎鼻屎眼淚鼻涕口水粉
刺青春痘經
新陳代謝後結成一塊*Pizza*……

為什麼不承認就患羊眼症
關係先發散寂寞又交錯一起接著暈開像重疊
最後我們更是不斷地過度摩擦
所有的末端便都肥大起

為什麼心血來潮的時候你就拉著我的手
拖著夏天或雨天的尾巴
跑過滿街奔跑的人

留下濺起的淚滴
與來路不明的緣分

2.

路邊的房子內
傢俱都跟著男主人長大了
女主人則變成活動傢俱
牆所圍出的自由領域未曾擴大
泡過水的天花板靜悄悄地張望全家
只有一隻椅子倚靠在桌子旁
四隻腳都生蛀了

晾在外面衣架上的衣服一直還沒乾
窗面卻很清楚地
映著外面與倒影
雨滴又刷過窗面與窗緣
一滴一點地
刮傷了煙囪、屋頂與陽台的盆栽

3.

　　我把手伸出傘外
　　水滴結在我的手上
　　吹過一陣風
　　雨傘折斷了一根骨
　　發出同情的聲音
　　我的左肩與背負也全淋溼了
　　才明白同情不是溫柔。

　　男孩突然拿著紅雨傘站在我面前
　　抬起頭看著驕陽如炙
　　臉也紅通通地驕傲起來
　　我看著他臉上的雨點
　　發現你的他從假想敵變成情敵
　　而我全身的疙瘩結滿一顆顆
　　紅紅的水滴
　　仍未落下……

十萬個為什麼：
爸爸；媽媽；月亮的距離

他打她
他握住隨意就丟的那隻手
長滿五朵繭的
我撫摸過
才明白亞當的身肢與長相
醜陋、羞愧與自大竟然跟他的影子一起
結實纍纍地長大
（殘酷的是懺悔比眼淚要重得多）

她閃躲
手與傢俱與自己長成的依靠
撞歪了牆踩碎了燈
她的影子拉得很長很長
連她自己也快　踩不住它了
她又一直忙著擦拭桌角、眼淚與依靠
雙掌的內側也長滿　一朵朵的繭

轉頭轉頭轉頭　（——先是照顧後來是尋找）
她的她們都住進別人的家裡

孩子張大的眼睛
家的顏色從黑色轉向黃色
再從黃色轉向黑色
從小從沒問過從那裡來或
搭乘距離可以到達那裡的為什麼
只是靜靜地與自己的影子　站在一起
腳底踏住逃跑的跫音、磨蹭的足繭與碎　玻璃
抬頭看見大人垂下的眼神
反射的眼底裡有一整片滿滿的未來
像下雨前的雲　或類似的美好佈景
禿頭、裙子、不長草的邊緣與我　們
好想好想　吹一個氫氣球搭乘
然後——回
家，回去那個想要回去的家。

十萬個為什麼：

（2,191,223）=1

一、2（成雙成對）

將鞋子的底部鋪上鋁箔紙
鞋裡放進三茶匙的砂糖
然後　放在瓦斯爐上。烤。
牽絆的腳印於是蒸發
便無法再獨自冷靜地走路

二、191（求救）

「喂！喂！喂！昨天，
不是說好要說實話嗎？」

你擅自移動了傢俱而拉開、隔開
我們的距離
拉大的距離與各自的身體都無法再吻合

坐在桌上遙望冷氣機的螢幕
吸塵器澆著前天買的花、
今天早上的牙刷、鏡前練習的笑容
都沾到
路人放出的屁

「喂！喂！喂！
昨天
不是說好要
說……話……」

三、223（三人行）

桌上。打翻了花生醬……
我便把它塗開
邀請另一個人一同吃食桌子與花生醬
然後對椅子上的你說好好吃
那個人便也笑了
椅子也忍不住顫抖起來
（——因為好好笑）
餘下的花生醬決定變性後生出許多螞蟻
沿著它們走的方向……（就可以找到）

我看見搬遷中的太陽與日出（仰角101度）
座落我腳底的影子
與心裡吹脹的黃汽球
被所謂的多情給　戳出一個一個洞。
也"碰"──

輯六：迂、逾與遇

我們自己，扯自己的耳朵，告訴自己，一個祕密。

我們自己，偽裝成影子
跟蹤自己，愛情的足音
默默地，吸聞陌生的鼻息
將自己無條件地，套進框框底。

我們自己，對著鏡子裡
那個自己，皮膚的肌理、神似的表情、慌了手腳的順序
從今，只有自己跟自己住在一起
那個耳咽管相連的祕密基地。

——黃羊川　告訴我告訴你

任信通知

1.前天

太久太久沒說話了
面對面或背對背
你只是把我當成啞巴

2.昨天

離去的時間已經超過日曆
於是一張一張撕下
折疊折疊再折疊
對折三次
將我的心與唯一的任信
包裹一起
包括藏匿的數字與等待的日期
全都封存在細心謄寫的信封裡（——住址的
一些祕密）。

3.今天

　　──我小心翼翼的變成薄薄一片
　　──只因為不敢也不想
　　──面對你與你自然成形的藉口
　　（空中有一隻鳥飛過
　　我仰頭
　　我舉手
　　我捕捉我的背影）
　　在明信片底
　　刻意搭配一張飛翔的圖片；
　　任信的寄出唯一的任性
　　刻描昨天與明天來回拉扯的字跡後
　　只留下
　　──匿名、未附住址、奇怪的筆跡

4.明天

　　（──折疊回憶
　　折疊責任
　　折疊我的驕傲）

你回來的時候我已經不在
轉角的郵筒裡藏有那封信
巨大的問號當成郵票黏貼……
我躲在下午三點的垃圾桶
你站在上午十點的郵筒前
不同的路人擦過我們的肩
我看見你；你看見明信片
我告訴你你不再能告訴我

拋物線

——雙手的溫柔

你說接住。

我接不住回憶，
所能留住的都是照片、記念品與
身體擁抱的擁擠感。
打掃家裡的那一天
丟掉那一束乾枯過久的花束
瓣上佈滿皺摺的痕跡
到處灑滿碎裂的……塵埃
刷洗身體三遍，擦拭傢俱五遍，
倒翻家裡（像衣服一樣）
陪太陽一整天
家都亮成天空的顏色

我也晾自己一整天，
直到變成澳洲的顏色
房間的一面也

翹起泡水後的皺摺
重覆撫平七次
太陽的光線　消失不見
我迎著風
意足心滿的拍啊拍——

你說接住。

我炫耀我接不住，
我說我記得那一個星期六下雨
那一天，來不及學會一首兒歌
來不及圈一口圓形在嘴邊
對你唱
後來，因為我們沉默
覆蓋了多餘回憶
然後，我們都笑了
也沒再說什麼。

便決定回去／擦拭／拋進房間的／雨。

又呼吸又說謊又離去

1.聚攏的身體

都重覆叨唸我愛你
眼裡長出眼淚與感動
身體顫動與伸出雙手接住
動感的淚滴或溢出的愛液

關於眼淚，或哭或笑或那些諸如細數
不完的藉口。
笑屬吃掉了眼淚
嘴裡咀嚼一叢草——
我們按住對方的身體

離去將我們之間的一切都發散
他飛出萬里之外的距離
你偷偷地爬上另一個人的身體／找尋
他有奧地利的味道
另一個他有澳洲的顏色／交扣的十指
卻收斂不了陌生的距離

2.占卜

你翻開塔羅牌一千次
解開星座命盤九十九次
觀望掌紋捏住生命的肌理四十九次
你只是期待它說點什麼……
她說了吉普賽人的祕密。
你於是折疊你的上輩子的上輩子的上輩子的
……上……子……輩……
變身成吉普賽人。

你非常非常地愛他
你希望無意間流浪到他身邊……
然後，你許下一些數字

3.雜物

雞毛、鴨血、蜥蜴的舌頭
，還有蛇第三次蛻下的皮
順帶收集三天未大便的屁
，八十九歲老女人的唾液
。一星期內對家人撒72次謊

。12月買七隻海鷗放生。
最後，出境前一晚，務必與一個女子睡覺
跟她借一張發票然後燒掉
。出境當天，爽約一次。

（——她用你聽不見的聲音哭泣）

4.相見，分開的身體

你答應他要好好照顧自己
他答應你要好好照顧自己
（take care與of yourself都只是——
被拋棄的責任）

你站在他面前
他呼吸他牽別人的手
他什麼也沒有說
你望著時間的間隙
你花了一年又一個星期

你轉身離去，
在異鄉買了29張美麗的明信片

將它們燒成灰
佯裝成回憶的骨灰
你才明白明白是這麼一回事：
分手只是為了還可以牽手
還好還好你沒有花去很久很久的時間
才明白明白是怎麼一回事。
——他是你今生唯一可以不愛的人

（補買一張明信片，把自己寄出去……）
上頭署名：以賣瑪利。

一個人去，嚐試

你說你已經變成了一張桌子
搭配你每天的工作
你的手是鍵盤的延伸
你的視界與視窗相吻合
縫合自己的反應與鍵點在桌面
最後，你是一個不是自己的自己

你想放棄自己
去尋找自己
在另一個地方耽溺
到隔天太陽重新昇起
在風吹起的小徑
自己和自己一起
穿著自己喜歡的鞋
隨便走路
或者迷路
只要自己跟自己，就好

你說你遲到了（──是白天的或人生的──）
不過總算去了一趟
另一個地方
被偷走的自己後來又被放回原地
你又呼吸，不由自主
又繼續無聊的生命遊戲

樹海與林中路

有一種死亡的方式：
自己拾起自己
丟到樹林裡
走過同樣的樹邊三次
；相似得像一片海；
然後自己迷失自己
整個世界也逐漸忘了你

有一種活著的方式：
自己把自己放逐到人群裡
重覆的修剪自己和
別人眼裡的自己
；人群穿過人群；
然後自己不斷長出自己
和大量生產的複製品

有一條路
每一個自己始終都在林中尋找
並為此感到存在的焦慮

自己不能自己的那部分竟如此巨大
圍繞著渺小的自己
然後各奔前程（──八個方向）
或許迷路。

垃圾車
——致過期的承諾

垃圾車來了
把自己與明天打包
放到你家門口
聽見貝多芬聲音的你趕著全部丟棄

我在袋裡
把從眼睛流出來的
與袋裡積聚的穢水攪拌一起
靜悄悄地
對你的愛也就變得臭臭的

丟下後你即刻離去
聽不見：
你的腳步聲
昨天躲在對方耳裡的親暱

（大鏟斗、降下、擠壓……）
我與別人家的愛撞在一塊
渾身是髒
手被過期的保鮮膜捆綁
耳鬢旁卻流下前天你沒喝完的飲料……

還沒有完——
還有更多別人家的愛陸續傾注進來
我的咽繞住我的喉
最後，我的愛與身體被鏟斗截去
肉與液與愛擠成一坨鬆弛的眼睛
今天被保鮮膜緊緊包住。

垃圾桶
——致多餘的靈魂

我說我們是朋友
所以我打開耳朵
你打開嘴巴

丟過來的瓶瓶罐罐
是你回收的回憶與挑剔；
我敲擊鐵罐引起你的注意，你發出響亮與驚奇
我吹脹自己的身體與保護，像鋁泊包一樣久
我打破圍繞你身旁的透明玻璃，碎片卻墊在腳底
我焚燒你我共筆的字跡、備忘錄與雙方疲倦的回憶
剩下那些情人節除夕夜你無法歸類的
都被垃圾袋束得緊緊地
我的生命便變得　好有型好有味道

你說我們只是朋友
我便也打開嘴巴
你也就打開耳朵

「一切」突然都擱置在我倆中間
而我們之間：還有一彎新月、綿綿的
細雨與介於星期五與星期六之間的氣氛……

你說你聞到臭味
我說……（…洗…清……）
你繼續打開嘴巴說
你再生的挑剔與回憶
你說你覺得你聞到臭味
我……──站在垃圾桶中間，倒些漂白水
搖著呼拉圈（泡沫一朵朵圓滾滾……
輕盈地像飄零）。

人行道

──致尋愛人，M

那天人群頭碰頭
這天人群中放開彼此的手
揮動的指間抓不到任何
又回到人群。當。中。

眼淚鼻涕混成一團
心室心房也已經龜裂
外面太陽火辣辣的張放
打開的傘裡很快下了場雨
眼鏡旁也長出一枚彩虹
你卻仍把眼睛擱在他離去的轉角
久久　不肯離去

經過的人群擺動他的各種姿勢
你組合、拼貼，甩弄回憶
人群的身影交相錯過
你還期待一只轉身──

背影與背景形成的海市蜃樓
或其他一些什麼，都好。

站在原地的你、低頭
被剛形成的人群團團圍住
街角的轉彎、
迅速移動的人群、
反覆面對空氣的狗吠、
一聲不響的郵筒、
你攀爬在地的削瘦身影，
等等……（卻沒有等等……）

站在原地的你、抬頭
望見別人家的窗戶、
擺動的衣物、走動的襪子……
（──太陽撥開雲）窗面上，
你看見自己被衣夾子夾住的肩膀
與身影一齊，隨風，晾在太陽底

我們都在那裡

——給遭遇的我們

在那裡
愛依然是愛
痛苦依然是痛苦

一開始的
前進後退十指交會眼神閃過虛弱的現實狂縱
在那裡

選擇題

「只有和命運對抗，才能得到，真正的自由」

——黃碧雲《媚行者》

（1）錯認的誤以為
（2）正確的誤以為
（3）錯認的以為
（4）正確的以為
（5）以上皆非

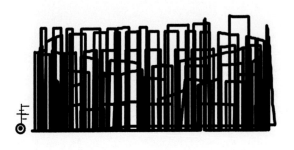

代跋：黃羊川的詩／人

Sam

　　他說，他的詩即將集結成冊。霎時我有種時空倒錯的幻覺。

　　第一次遇見黃羊川，他正抱著成疊的稿紙從我身邊經過。紙面上，除了行句如蟻列一字漫開，頁邊或左或右或上或下瘋狂的留白，像潑墨山水，只是石墨換成了鉛字，不禁讓人多望一眼。他說，希望在二十五歲的時候出版第一本詩集。

　　那時候，我還不知道他一直、持續地寫著詩。後來，詩集的事沒再繼續追問，但我開始看他的詩。

　　他的詩無疑是屬於城市的。善於構築城市場景，充斥大量鋼鐵的人造物，偶爾低迷而黏著的空氣，注入棋盤狀的街道或僵持在水泥房柱的家具空間（如〈垃圾車〉、〈人行道〉、〈十萬個為什麼〉）。在條理分明的秩序裡側寫人際關係的侷促忸怩，膠著迷離的曖昧空間被拉長，抽離成詩的

形狀，有時像肥厚的錦蛇纏繞著難以呼吸，有時則直入內裡鋒利得讓人直滲出血來（如〈洗衣機〉、〈自自助餐離開〉、〈又呼吸又說謊又離去〉）。

於是，在嘈雜的都市場景裡，連橫亙在對話間的沉默都是如此刺耳。令人無從排遣的疏離感受，正從四面八方逸散、填補著狂歡後的短暫空白（如〈拍照留念〉、〈雙人遊戲〉、〈恐怖母親節〉、〈一種團隊合作後的現象〉）。面面相覷的情人、血濃於水的親人、高呼口號的政治狂熱份子，或者僅僅擦肩而過的路人，紛紛離開場景，不再交談。

那就是詩人試圖述說的城市，堅毅而森冷，一個蠶食陌生人寂寞為養分的巨大牢籠。而人們只能貪圖著城市來不及消化的短暫歡愉？我不禁這樣揣想。

但我確信，在看不見的字裡行間的確藏著某些難以言喻的故事情節。縱然他的詩總是捕捉人們露出疲態的此刻，但是每首詩的誕生不也都暗示著曾經美好的邂逅嗎？

現在，我們離二十五又更遠了一些。當他說這些長時積累的、已公開的、未發表的詩作即將集結成冊，我才又想起，當時他坐在研究室的座位上整理稿件的背影。

時空輾轉，好像我們都還年輕。

黃羊川的世紀未滿

1979年‧生於高雄縣的小漁港。

1992年‧畢業於省立恆春國民小學。

1995年‧畢業於省立恆春國民中學。

1998年‧畢業於國立高雄師範大學附屬高級中學。

1999年‧身處「九二一」大地震現場。

2000年‧與Jasmine、Katherine、Elton等人成立星月雜誌社。

2002年‧因星月友人的關係,修了黃錦樹的課,並開始思考寫作的問題。

2002年‧以〈不要只是因為我是個女子〉獲第一屆暨大文學獎新詩組佳作。

2002年‧以〈場景練習〉獲第一屆暨大文學獎小説組佳作。

2002年‧畢業於國立暨南國際大學經濟學系。

2003年‧以〈二十八〉獲第一屆清園文學獎極短篇組佳作。

2003年‧以〈馬陸漫跑〉獲第一屆清園文學獎散文組優選。

2003年‧於《台灣詩學季刊,學刊三號》刊登〈裸男三首〉、〈鏡子三首〉等二首詩作,莫大鼓勵。

2003年‧於詩論壇及其它網路介面認識陳牧宏、印卡等人；持續發表詩作。

2004年‧以〈回家〉獲第二屆清圓文學獎極短篇組首獎。

2004年‧畢業於國立中正大學勞工研究所。

2005年‧預計出版第一本詩集，但由於博士班課程過於忙碌無法分身。

2006年‧與星月雜誌社友人短暫成立「腥騷味」部落格。

2006年‧於《幼獅文藝》的發聲創作展中刊登一文〈大房告〉、一詩〈十萬個為什麼：雨、椅子與箱子〉。

2006年‧以〈背景相遇〉獲95年度教育部文藝創作獎散文組佳作。

2007年‧整年作品產量幾近停滯。學弟妹訛言我去了法國，朋友們認為我或許是住在情感的牢籠或感情的病院了。

2007年‧獲國立政治大學社會學系博士候選人資格。

2008年‧〈恐怖母親節〉收入進《2007台灣詩選》，二魚出版。

2008年‧大致晾乾了積水的文字，也挑出自己的冷陌與熱情；準備再出現在太陽底下，走路。

2009年‧出版第一本詩集《血比蜜甜》。

致謝

　　我很喜歡「謝辭」的存在，特別是對於我這種人而言。我並不是一個擅長在人前表現情感的人，記得有些朋友常開玩笑說，得到我的讚美是件非常難得的禮物，當然，我並不是比較跩或是比較酷，我只是有時候也無法控制自己的情緒表現，所以，我只能讓自己不表現。

　　該感謝的人實在太多，特別是對於我這種人而言。一直以來，我好像有著幸福的遭遇與平順的人生旅程似的，但那也只是寫在外面，也只是別人看見的表面。不過，在這麼快樂的時刻，我們還是避開痛苦吧！無論如何，沒有「你們」就沒有黃羊川與釣魚無一尾。至於「你們」就……（噓！字數有限，只好忍耐一下！）

　　最後，實質上地，本人由衷感謝台灣詩學、吹鼓吹詩論壇、秀威資訊、蘇紹連老師、陳牧宏及論壇上我不真的認識的詩友們，不管是試讀、誤讀或解讀，我們都正在遭遇與相互詮釋，只不過今天，特別明顯。

Jmeb d rss sn isa isa

黃羊川

國家圖書館出版品預行編目

血比蜜甜 / 黃羊川作. -- 一版. -- 臺北市：
　秀威資訊科技，2009.12
　　面；　公分. -- (語言文學類；PG0314
　吹鼓吹詩人叢書；1)
　BOD版
　ISBN 978-986-221-344-5 (平裝)

　851.486　　　　　　　　　　98020860

語言文學類　　PG0314

吹鼓吹詩人叢書01
血比蜜甜

作　　　　者 / 黃羊川
主　　　　編 / 蘇紹連
發　行　人 / 宋政坤
執 行 編 輯 / 黃姣潔
圖 文 排 版 / 蘇書蓉
封 面 設 計 / 杜建志Cange、蕭玉蘋
數 位 轉 譯 / 徐真玉　沈裕閔
圖 書 銷 售 / 林怡君
法 律 顧 問 / 毛國樑　律師
出 版 印 製 / 秀威資訊科技股份有限公司
　　　　　台北市內湖區瑞光路583巷25號1樓
　　　　　電話：02-2657-9211　傳真：02-2657-9106
　　　　　E-mail：service@showwe.com.tw
經　　　銷　商 / 紅螞蟻圖書有限公司
　　　　　台北市內湖區舊宗路二段121巷28、32號4樓
　　　　　電話：02-2795-3656　傳真：02-2795-4100
　　　　　http://www.e-redant.com

2009 年 12 月　BOD 一版
定價：210 元

讀 者 回 函 卡

感謝您購買本書，為提升服務品質，煩請填寫以下問卷，收到您的寶貴意見後，我們會仔細收藏記錄並回贈紀念品，謝謝！

1. 您購買的書名：＿＿＿＿＿＿＿＿＿＿＿＿＿＿＿＿＿＿＿

2. 您從何得知本書的消息？

　　□網路書店　□部落格　□資料庫搜尋　□書訊　□電子報　□書店

　　□平面媒體　□ 朋友推薦　□網站推薦　□其他＿＿＿＿＿＿

3. 您對本書的評價：(請填代號　1.非常滿意 2.滿意 3.尚可 4.再改進)

　　封面設計＿＿＿　版面編排＿＿＿　內容＿＿＿　文/譯筆＿＿＿　價格＿＿＿

4. 讀完書後您覺得：

　　□很有收獲　□有收獲　□收獲不多　□沒收獲

5. 您會推薦本書給朋友嗎？

　　□會　□不會，為什麼？＿＿＿＿＿＿＿＿＿＿＿＿＿＿＿＿＿

6. 其他寶貴的意見：＿＿＿＿＿＿＿＿＿＿＿＿＿＿＿＿＿＿＿

　　＿＿＿＿＿＿＿＿＿＿＿＿＿＿＿＿＿＿＿＿＿＿＿＿＿＿＿

　　＿＿＿＿＿＿＿＿＿＿＿＿＿＿＿＿＿＿＿＿＿＿＿＿＿＿＿

　　＿＿＿＿＿＿＿＿＿＿＿＿＿＿＿＿＿＿＿＿＿＿＿＿＿＿＿

讀者基本資料

姓名：＿＿＿＿＿＿＿＿＿＿　年齡：＿＿＿＿　性別：□女 □男

聯絡電話：＿＿＿＿＿＿＿＿　E-mail：＿＿＿＿＿＿＿＿＿＿

地址：＿＿＿＿＿＿＿＿＿＿＿＿＿＿＿＿＿＿＿＿＿＿＿＿＿

學歷：□高中(含)以下　　□高中　　□專科學校　　□大學

　　　□研究所(含)以上 □其他＿＿＿＿＿＿＿＿

職業：□製造業 □金融業 □資訊業 □軍警 □傳播業 □自由業

　　　□服務業 □公務員 □教職　　□學生 □其他＿＿＿＿＿＿

秀威與 BOD

BOD（Books On Demand）是數位出版的大趨勢,秀威資訊率先運用 POD 數位印刷設備來生產書籍,並提供作者全程數位出版服務,致使書籍產銷零庫存,知識傳承不絕版,目前已開闢以下書系:

一、BOD 學術著作—專業論述的閱讀延伸
二、BOD 個人著作—分享生命的心路歷程
三、BOD 旅遊著作—個人深度旅遊文學創作
四、BOD 大陸學者—大陸專業學者學術出版
五、POD 獨家經銷—數位產製的代發行書籍

BOD 秀威網路書店：www.showwe.com.tw
政府出版品網路書店：www.govbooks.com.tw

永不絕版的故事・自己寫・永不休止的音符・自己唱